Poil et Plume

Poil et Plume

SALON

des

LITTÉRATEURS-PEINTRES

ET STATUAIRES

Premiere Année — 1891

PRIX : DEUX FRANCS

PARIS

E. DENTU, EDITEUR

LIBRAIRE DE LA SOCIÉTÉ DES GENS DE LETTRES

3, PLACE DE VALOIS, PALAIS-ROYAL

1891

PRÉFACE

PRÉFACE

Aujourd'hui s'ouvre le Salon des Écrivains-Peintres français, dans la galerie des Folies-Bodinier, autrement dit Théâtre d'Application. L'un des organisateurs a trouvé cette rubrique de *Poil et Plume,* qui vaut mieux que le *Ut pictura poesis* un peu prévu et sonne moins de prétention. Elle est bonne, en outre, pour l'œil et pour l'oreille, et enfin elle a paru drôle, car il s'agit de s'amuser et non d'autre chose.

Que les peintres ne tremblent pas, nous leur laissons le marché des toiles !

Est-il encore permis de s'amuser, en ces jours mornes, si le plaisir qu'on prend ne nuit à personne, n'attente pas à l'ordre de choses établies, ne prévarique pas contre l'encroûtement général et n'empêche point enfin la terre de griller au soleil sur le tourne-broche fictif de l'équateur ? Or, l'idée d'une exposition de peintures et dessins de gens de lettres n'est rien de plus ou de moins que cet inoffensif essai d'amusement dans une ville qui tourne à la capitale de l'embêtement universel. Et voilà tout ! Si l'on rit chez Bodinier, nous nous développerons l'année prochaine, soit en long, soit en large.

Mais du calme ! il n'est point encore question de jury ni de médailles. Amateurs nous sommes et dilettantes devons rester.

Malheur au fin connaisseur qui se risquerait (cette fois-ci) à nous adresser d'imprudents éloges sur l'un de nos essais de coloris ! Il en recevrait le lendemain même, gratuitement et le port payé, par un commissionnaire, le paquet encadré et reconnaissant ! Nous ne vendons pas, nous donnons nos œuvres. Que les Musées d'État se le disent !

Là, est l'héroïsme peut-être de ce Salon sans précédents dans l'histoire de l'art ; la clientèle qu'il nous ouvre est celle des bourses plates. L'Amérique et ses californies restent entièrement à ces coquins de professionnels qui en exploitent si égoïstement les gisements aurifères. S'il résulte une gilde de notre réunion bodinière, là sera le chiendent pour sa bannière. Des êtres privilégiés, tels que Léon Bonnat, par exemple, continueront à épuiser le placer parce que jamais ils n'ont lâché le Poil pour la Plume, et nous, nous resterons pauvres — oh ! que pauvres ! — parce que nous sommes assez dindons et assez oies pour alterner, selon l'inspiration de la nature, pour écrire le mardi, peindre le jeudi, guitariser le dimanche et mener toute la semaine le chœur des Muses sur le Pinde ! Le monde ne croit qu'aux spécialités et la France notamment en est folle. Elle n'a pas encore avalé le violon du père Ingres, qui cependant en pinçait comme Orphée lui-même. De nos jours, un Léonard de Vinci, peintre, architecte, statuaire, poète, ingénieur, astronome, musicien, physicien, géomètre et bel homme ne ferait point ses frais dans la Ville-Lumière et il crèverait de faim à la porte de l'Institut. A moins que le *Chat-Noir* ne le recueillît.

Les raisons, cependant, pour lesquelles

un écrivain s'exerce à la peinture sont exactement identiques à celles dont un peintre s'autorise pour écrire. J'en connais trois. D'abord celle-ci : que cela lui fait plaisir. Puis cette autre : que cela le change. Enfin la troisième, *id est* : tout vaut mieux que de verser dans les cloaques de la politique. Mais il y en a de meilleures encore.

A y regarder d'un peu près, la nature ne fait qu'un artiste, l'omniartiste. Ce sont les sociétés qui le morcellent. Peindre, sculpter, écrire et chanter, c'est tout un, l'hymne de l'âme humaine à la beauté. Les prédilections, d'où viennent les spécialités, ne sont déterminées que par les sens, organes d'expression, selon le degré d'affinement ou d'ankylose où l'éducation et la fatigue de la race les ont réduits ou montés. Mais au printemps de la création, l'art n'avait qu'un prêtre, il en disait tous les offices. Il doit encore en être ainsi chez les sauvages, nos maîtres.

Trêve de philosophie. Redescendons, car Bodinier va nous perdre de vue. Dites-moi, quel homme sur la terre est plus heureux que Jules Breton, lorsque, à la tombée du jour, il lâche la palette et saisit la lyre pour célébrer encore, bien avant dans la nuit, le paysage qui lui échappe ? Rendu par lui, il le sait, ce paysage vaut, sur la toile, cent mille francs, et, sur le papier, rien du tout. Mais que lui importe ! Et surtout, qu'est-ce que cela prouve ? Il a joui deux fois, soit une fois de plus que celui qui n'en jouit qu'une, de la beauté immortelle des choses. Il en eût joui trois fois, si, comme Carolus Duran, il pouvait encore exalter le site sur la mandore. Tout ce dont on peut le féliciter, c'est d'être, en se spécialisant peintre dès le début, parti d'un bon pied dans la vie.

Il en est qui n'ont pas eu cette chance toute française, le pauvre Fromentin, entre autres. Fromentin, né aussi bon écrivain que bon oléographe, n'a pas su, ou pas osé, choisir entre deux voies. S'il vivait encore, il exposerait chez nous, à tous les titres, car on n'a pas écrit pour des prunes *Dominique* et *Le Sahel*. Il est des nôtres. Plus de plume que de poil, ce poète-peintre. Mais serions-nous bien avancés, si, pour complaire à la routine, disons franchement à la critique, Fromentin avait renoncé à la peinture, l'un de ses deux modes d'expression, et ne pouvons nous imaginer que l'artiste ait souvent besoin de plusieurs arts pour rendre les beautés multiples de l'infini modèle qui l'oppresse ?

On se tromperait beaucoup si l'on se fi-

beaucoup de confrères ont répondu à l'appel de ses organisateurs désintéressés, on passera un bon quart d'heure chez Bodinier. Tout est là, il faut se secouer sous la Troisième.

ÉMILE BERGERAT.

POIL ET PLUME

SALON

DES

LITTÉRATEURS-PEINTRES

ET STATUAIRES

GALERIES DU THÉATRE D'APPLICATION

18, RUE SAINT-LAZARE

I

LOUVRE

✣ 4 ✤

VICTOR HUGO

1802 - 1885

✣✣✦✣✣

Trois dessins appartenant à M. P. Meurice.
Quatre dessins appartenant à M. A. Vacquerie.

« ... Que de fois, lorsqu'il nous était donné d'être admis presque tous les jours dans l'intimité de l'illustre écrivain, n'avons-nous pas suivi d'un œil émerveillé la transformation d'une tache d'encre ou de café sur une enveloppe de lettre, sur le premier bout de papier venu, en paysage, en château, en marine d'une originalité étrange, où du choc des rayons et des ombres, naissait un effet inattendu, saisissant, mystérieux, et qui étonnait même les peintres de profession. Tout en laissant courir les hachures négligentes, le grand poète causait comme il écrit, tantôt sublime, tantôt familier, toujours admirable ; et l'heure de se retirer venue, chacun se disputait les dessins rayés par la griffe du lion, qu'accompagnait ordinairement quelque dédicace aimable latine, espagnole ou française, selon le caractère du croquis et de la personne qui l'emportait. »

Th. Gautier.

Dessins de Victor Hugo.

Préface de Théophile Gautier.

Chez Castel, éditeur.

❦❦❦

1.

GAUTIER (Théophile)

1811-1872

— -- ..

(Voir le Catalogue de l'œuvre peinte de Théophile Gautier dans le livre intitulé : THÉOPHILE GAUTIER, *entretiens, souvenirs et correspondances, par Émile Bergerat.* — Charpentier, éditeur.

1º ESTELLE. — Dessin fait à sept ans. (Nº 2 du catalogue, collection Émile Bergerat.)

2º TÊTE DE VIERGE. — Peinture à l'huile. (Nº 10 du catalogue, collection Émile Bergerat.)

3º FEMME BRUNE. — Peinture à l'huile. (Nº 20 du catalogue, collection Émile Bergerat.)

4º FEMME BLONDE. — Peinture à l'huile. (Nº 20 du catalogue, collection Émile Bergerat.)

5º PORTRAIT DE FEMME, ovale. Peinture à l'huile, collection Émile Bergerat.)

6º PORTRAIT DE Mᴵˡᵉ ZOÉ GAUTIER, sœur du poète, pastel. (Collection Émile Bergerat.)

7º PORTRAIT DE FEMME. — Pastel. Offert à Cormenin.

8º MÉLANCOLIE, appartenant à Bergerat.

« En ce temps-là, je n'avais aucune idée de me faire
littérateur ; mon goût me portait plutôt vers la peinture, et avant d'avoir fini ma philosophie j'étais entré
chez Rioult, qui avait son atelier rue Saint-Antoine,
près du temple protestant, à proximité de Charle-
magne ; ce qui me permettait d'aller à la classe après
la séance. Rioult était un homme d'une laideur bizarre
et spirituelle, qu'une paralysie forçait, comme Jou-
venet, à peindre de la main gauche, et qui n'en était
pas moins adroit. A ma première étude il me trouva
plein de « chic, » accusation au moins prématurée. La
scène si bien racontée dans l'*Affaire Clémenceau* se
joua aussi pour moi sur la table de pose, et le premier
modèle de femme ne me parut pas beau et me désap-
pointa singulièrement, tant l'art ajoute à la nature la
plus parfaite. C'était cependant une très jolie fille,
dont j'appréciai plus tard, par comparaison, les lignes
élégantes et pures. Mais d'après cette impression j'ai
toujours préféré la statue à la femme et le marbre à la
chair. Mes études de peinture me firent apercevoir
d'un défaut que j'ignorais, c'est que j'avais la vue
basse. Quand j'étais au premier rang, cela allait bien,
mais quand le tirage des places reléguait mon che-
valet au fond de la salle, je n'ébauchais plus que des
masses confuses.

Auto-biographie de Théophile Gautier.
Portraits contemporains. Charpentier.

DE MUSSET

(Alfred)

Séʀɪᴇ ᴅᴇ ᴅᴇssɪɴs appartenant à Mme Lardin de Musset.

« Vous êtes peintres, mes enfants : que votre bouche
soit muette et que votre main droite parle pour vous !...
La nature veut toujours être nouvelle, c'est vrai ; mais
elle reste toujours la même. Es-tu de ceux qui souhai-
teraient qu'elle changeât la couleur de sa robe, et que
les bois se colorassent en bleu ou en rouge ? Ce n'est
pas ainsi qu'elle l'entend : à côté d'une fleur fanée
naît une fleur toute semblable, et des milliers de fa-
milles se reconnaissent sous la rosée aux premiers
rayons du soleil. Chaque matin, l'ange de la vie et de
la mort apporte à la mère commune une nouvelle
parure, mais toutes ses parures se ressemblent. Que
les arts tâchent de faire comme elle, puisqu'ils ne sont
rien qu'en l'imitant. »

ANDRÉ DEL SARTO.
Acte I. Scène I.

MÉRIMÉE

(Prosper)

FANTASIA ou fête d'une corporation de pêcheurs
du lac Menzaleh (Basse-Égypte).

DESSIN REHAUSSÉ D'AQUARELLE NON SIGNÉ.
(Donné par l'auteur à Prisse d'Avenne). Appartient à
M. Tausserat.

PORTRAIT DE LUI-MÊME, par lui-même. (Appartient
à M. Saglio.) Dessins divers.

« C'était bien une Vénus et d'une merveilleuse
beauté ! Elle avait le haut du corps nu, comme les an-
ciens représentaient d'ordinaire les grandes divinités ;
la main droite, levée à la hauteur du sein, était tournée,
la paume en dedans, le pouce et les deux premiers
doigts étendus, les deux autres légèrement ployés.
L'autre main rapprochée de la hanche, soutenait la
draperie qui couvrait la partie inférieure du corps...
La chevelure, relevée sur le front, paraissait avoir été
dorée autrefois. La tête, petite comme celle de presque
toutes les statues grecques, était légèrement inclinée
en avant... J'observais avec surprise l'intention marquée
de l'artiste de rendre la malice arrivant jusqu'à la mé-
chanceté. Tous les traits étaient contractés légèrement,
les yeux un peu obliques, la bouche relevée des coins,
les narines quelque peu gonflées. En vérité, plus on
regardait cette admirable statue et plus on éprouvait
le sentiment pénible qu'une si merveilleuse beauté pût
s'allier à l'absence de toute sensibilité. »

La Vénus d'Ille.

Pages 162-163. Édit. Charpentier.

BAUDELAIRE

(Charles)

1º Têtes de Femmes. — Croquis. (Appartient à M. F. Bracquemond.)

2º Portrait d'Asselineau. — Les yeux de Berthe. — Diverses Têtes. — Lithographies. (Appartient à M F. Bracquemond).

Portrait de Baudelaire, par lui-même, appartenant à M. Gustave Geffroy.

DESCRIPTION DE L'ŒUVRE

LES YEUX DE BERTHE

Vous pouvez mépriser les yeux les plus célèbres,
Beaux yeux de mon enfant, par où filtre et s'enfuit
Je ne sais quoi de bon, de doux comme la nuit !
Beaux yeux, versez sur moi vos charmantes ténèbres.

Grands yeux de mon enfant, arcanes adorés,
Vous ressemblez beaucoup à ces grottes magiques
Où derrière l'amas des ombres léthargiques
Scintillent vaguement des trésors ignorés.

Mon enfant à des yeux obscurs, profonds et vastes,
Comme toi, nuit immense, éclairés comme toi !
Leurs feux sont ces pensers d'Amour, mêlés de Foi,
Qui pétillent au fond, voluptueux ou chastes.

Les Fleurs du Mal.

☿ ☿ ☿ ☿

GÉRARD DE NERVAL

DESCRIPTION DE L'ŒUVRE

Croquis de Femme a la Plume. — (Appartient à M. F. Bracquemond.)

SCHANNE

(dit Schaunard)

DESCRIPTION DE L'ŒUVRE

Huit et huit font seize
J'pose six et r'tiens un !
Je serais bien aise
De trouver quelqu'un
De pauvre et d'honnête
Qui m' prêt' huit cents francs
Pour payer mes dettes,
Quand j'aurai le temps.

Et quand sonnera au cadran suprême
Midi moins un quart
.Avec probité je paierai mon terme
A monsieur Bernard.

ALEXANDRE SCHANNE.

DE CHATILLON

(Auguste)

Devise artistique : *Ut pictura poesis.*

❧❧❧❧

1º LE PETIT POUCET. — Peinture à l'huile (à M. Maurice de Châtillon).

2º PORTRAIT D'ENFANT. — (A M. Bergerat.)

3º Sculpture : DEUX COUPES CISELÉES. UN CACHET

M. de Châtillon est peintre; l'habitude d'étudier la
nature, de saisir les effets, de suivre les lignes, d'ap-
précier les rapports des couleurs, lui a donné, sans
qu'il la recherchât, une précieuse originalité d'écrivain;
chez lui, point de descriptions vagues, point de méta-
phores mal suivies; chaque objet est à sa place, comme
dans un tableau, avec sa lumière, son ombre portée, sa
perspective; ses figures sont bien plantées, ont une
physionomie distincte, et sont indiquées par une touche vive et spirituelle. Ce qu'il chante, il serait capable
de le dessiner, au besoin même de le sculpter, car il
manie aussi bien le ciseau que la brosse : jamais nature
ne fut plus artiste.

Théophile Gautier.

DE GONCOURT

(Jules)

❦❦❦❦

DESCRIPTION DE L'ŒUVRE

1º La rue de la Vieille-Lanterne à l'endroit où était le trou grillé où Gérard de Nerval s'est pendu au troisième barreau. (Aquarelle lavée le lendemain de sa mort.)

2º Le Marché aux poissons a Rome. (Aquarelle, mars 1850.)

3º Un Pont a Bruges (1850). (Aquarelle.)

4º La Lecture, d'après le bistre de Fragonard du Musée du Louvre. (Eau-forte.)

5º Le Gobelet d'argent, d'après le Chardin de l'ancienne collection de Laperlier. (Eau-forte.)

6º Le Masque de l'abbé Raynal, d'après la préparation de La Tour de la collection Marcelle. (Eau-forte.)

LUXEMBOURG

BERGERAT

Prénoms, surnom :	*Émile-Auguste.*
Maître idéal :	*Javeh, vulgo Jehovah, enlumineur du monde.*
Esthétique :	*L'intripatouillement.*
Prix rêvé :	*Vivant... celui de Millet mort !*
Devise artistique :	*Je peins, donc je luis !*

1º IDÉALISME ET NATURALISME (nature morte), appartient à M. Vollon.

2º FILLETTE ITALIENNE, appartient à M. Bonnat.

3º LA MÈRE ANL'HÔ, appartient à M. Th. Ribot.

4º BRETONNE AU ROUET, appartient à M. Jules Breton.

5º MARÉE MONTANTE, appartient à M. Puvis de Chavannes.

6º MARTIN L'ÉGLISE, propriété des MM. Goupil et Valadon.

7º SOUS LA LAMPE, musée du Luxembourg.

8º PORTRAIT DE GUSTAVE FLAUBERT, appartenant à M. Georges Charpentier.

9º PORTRAIT DE RAOUL PONCHON.

Aquarelles de Caliban

DESCRIPTION DE L'ŒUVRE

Mes prénoms sont : Émile-Auguste
Et mon surnom est : Caliban.
Ingres était de Montauban,
Moi, je suis de Paris, au juste.

Écrire est mon lit de Procuste.
Or, quand je peins, c'est l'oliban,
Le benjoin, les nards du Liban
Que mon âme aspire et déguste !

Mon esthétique ? — Vendre, et cher !
Je l'avoue entre cuir et chair !
Le père Corot est mon type.

J'étais né pour fumer sa pipe !
Mais on dit : Grouchy ?... — c'est Blücher !...
L'effet ne sort pas du principe.

Mars 1891.

BOURDELLE

Prénoms, surnom : *Émile.*

Maître idéal : *Monsieur Pan (le grand tout).*

Esthétique : *Ma maîtresse.*

Prix rêvé : *Mérite agricole et galette beaucoup.*

Devise artistique : *Manet, Traxel, Barrès.*

1º DEUX BAS-RELIEFS.
2º UN PASTEL.
3º UN DESSIN.
4º TÊTES PLÂTRE.

DESCRIPTION DE L'ŒUVRE

POTERIES

L'alluvion, pétrie en une main rugueuse,
Fleurit candidement, l'humble tour du Potier ;
Le naïf créateur y donne tout entier,
L'idéal ingénu de son âme songeuse,

Car il aime d'amour son rustique métier.
Le bon potier, connait le secret de l'argile ;
Il en goûte au toucher la saveur et le corps,
Et fait, sous ses pieds nus, qui valsent en accord,

Virer le tour, où nait, une amphore fragile,
Car la chair du limon est toute molle encore.
L'apprenti, demi-nu, tout barbouillé de terre,
Prend ces humides fleurs, et les pose en chaînon,

Sur des lattes de pin, au seuil du cabanon
Que la colline bleue en ses roches enserre,
Et, tranquille, au-dessus, brille le Parthénon.
Les lattes, sous le poids des urnes délicates,

Fléchissent, fortement, comme des arcs tendus ;
Et ces urnes, de loin, avec leurs bras tordus,
Ont l'air de grands oiseaux, qui, sur leurs fines pattes
S'étirent et voudraient s'envoler, éperdus...

CALMETTES

Prénoms :	*Fernand.*
Maître idéal :	*La poésie de la nature.*
Esthétique :	*Plus de cœur que d'esprit, plus d'émotion que de charme.*
Prix rêvé :	*Pourquoi rêver, est-ce que les rêves se réalisent ?*
Devise artistique :	*Peins comme tu penses.*

DESCRIPTION DE L'ŒUVRE

1º MOULIÈRE ATTENDANT LA MARÉE. (Peinture.)
— Par crainte de manquer à la besogne, elle est arrivée
trop tôt à la marée du soir et, tandis que le flot se re-
tire, accotée sur un éboulis de falaise, elle songe à la vie
dure, au mari parti pour la grande pêche, là-bas, bien
au delà de l'horizon ; elle songe aux deux petits qu'elle
a laissés dormant dans leur berceau ; elle songe que la
mer est avare, le gain chétif, qu'on est battu par la
misère, mais qu'il faut lutter tout de même pour n'être
pas culbuté par le sort.

2º QUELQUES ILLUSTRATIONS POUR LE PROCHAIN
ROMAN DE L'AUTEUR. (Dessins.)

CLOVIS HUGUES

Prénoms, surnom : *Hubert-Clovis.*

Maître idéal : *Corot.*

Esthétique : *Le beau, reflet du juste.*

Prix rêvé : *Prix d'encouragement.*

Devise artistique : *Sempré qué mai!*

DESCRIPTION DE L'ŒUVRE

Toile de dix : un paysage
De Seine-et-Marne, avec de l'eau.
J'ai supprimé l'eau, car le sage
La redoute, même en tableau ;

L'herbe est verte, selon l'usage
Mais je l'ai foulée au rouleau ;
Et c'est déjà pas mal d'ouvrage
Pour un faible enfant d'Apollo !

Toile de huit : un coin champêtre
Que j'ai croqué de ma fenêtre,
En plein Montmartre un jour d'été.

Les maisons font la pirouette...
Bah ! puisqu'on danse à la Galette,
Il faut bien qu'on danse à côté !

COUSOT

Prénoms, surnom :   *Frédéric.*

Maître idéal :   *L'idéal.*

Esthétique :   *Tout me parait « Déses-
poir du peintre ».*

Prix rêvé :   *Les palmes.*

Devise artistique :   *Trime mon vieux!*

DESCRIPTION DE L'ŒUVRE

Moi je peins — et comme il faut!!
A l'huile, au cirage, à l'eau claire! —
Quand on a tous les dons pour plaire,
On peut se passer ce défaut.

D'ESPARBÈS

Prénoms, surnom :   *Georges (et pas même un surnom).*

Maître idéal :   *Prothée.*

Esthétique :   *Un beau livre sur mes genoux.*

Prix rêvé :   *Les ors et les argents sont fous !*

Devise artistique :   *Simplement.*

DESCRIPTION DE L'ŒUVRE

L'ŒUVRE

Parce que le bec de mes plumes
Dans l'orme agité du journal
Tirelire mes amertumes
Et lance un pi-huit matinal,
Est-il dit qu'une œuvre m'est née ?
Alors j'ai volé ma journée...

Parce que d'un bout de pastel,
En un coin de mauve banlieue
J'esquisse le flâneur untel,
Ai-je fait plus d'un quart de lieue
Vers la connaissance du bien ?
Holà, Dentu, je n'en sais rien !

Œuvre, mot risible, oiseau rare.
— Vais là-bas fumer un cigare...

D'HERVILLY

Prénoms, surnom :   *Ernest.*

Maître idéal :   *Kate Greenaway.*

Esthétique :   *Papillonner.*

Prix rêvé :   *Une pincée de riz.*

Devise artistique :   *Times not is money !*

DESCRIPTION DE L'ŒUVRE

L'ART D'AUTRUI

C'est lorsque l'on est peintre, et non musicien,
Qu'il est doux de jouer d'un violon quelconque...
Et, toujours un Triton, — assez fort sur la conque,
Rêve d'être jugé... comme physicien !...

Moi qui rame, en rimant (pas trop mal), dans ma jonque,
Sur ton Océan rose, Humour parisien,
Je lâche cette proie... ainsi que fit le chien,
Pour peindre ! — et tout remords critique, je le tronque !

Pardonnez au Poète... ô Peintres couverts d'ors,
O Vous, dans l'Institut aux sombres corridors,
Qui revivrez un jour en de posthumes marbres !...

Mais, — lyre dans le coin, — ô délice ! ô velours !
Je patauge à deux mains dans les « Watercolours »
Naïf élève de l'École-des-Beaux-Arbres !...

ERNEST D'HERVILLY,
artisan.

DUVAL

Prénoms, surnom :   *Georges.*

Maître idéal :   *La Nature.*

Esthétique :   *L'idée du beau est une perception sincère.*

Prix rêvé :   *Une commande.*

Devise artistique :   « *Vite et cher* ».

DESCRIPTION DE L'ŒUVRE

A Montmartre, la jeune école
A transporté son atelier.
Monsieur Bouguereau se désole,
Car c'est un homme régulier.
Qui tremble pour son auréole.
C'est ici que chacun immole
A l'amour très hospitalier.
On se connaît dans l'escalier
    A Montmartre.

La Parisienne est symbole,
Symbole au culte familier.
On a l'horreur de l'hyperbole
On s'improvise le geôlier
Du poncif et du monopole,
    A Montmartre !

❦❦❦

PAUL FOUCHER

Prénoms, surnom : *Victor-Charles.*

Maître idéal : *Ma fantaisie.*

Esthétique : *Ça varie...*

Prix rêvé : *Un Corot (de Bergerat).*

Devise artistique *Ingenio vivere.*

❦❦❦❦

Seize dessins en deux cadres : Marines, Paysages, Victor Hugo, d'après une maquette d'Auguste Rodin, etc.

DESCRIPTION DE L'ŒUVRE

LAVIS ORAGEUX

(Saint-Lunaire, 1888)

J'ai rêvé, près de Saint-Lunaire,
En renversant mon encrier,
Ces lavis, d'un noir à crier,
Et ces trombes où la lune erre.

Ah! les bougres de ciels pleins d'eau!
Les barques dansent sur les vagues
Et mes lavis me semblent vagues...
Qu'en dira monsieur Bouguereau ?

Oui, qu'en penserez-vous, cher maitre ?
C'est un peu négligé, peut-être...
Mais cela n'a rien d'immoral.

Quand la mer se déchaine, et bisque
Je barbouille, et ne cours qu'un risque ;
C'est que ça vous soit bien égal !

FRÉMINE

Prénoms, surnom :   *Charles (le Passant).*

Maitre idéal :   *Dieu.*

Esthétique :   *La nature.*

Prix rêvé :   *Une douzaine de pommes de pigeon.*

Devise artistique :   *Tout est à tous, rien n'est à personne.*

DESCRIPTION DE L'ŒUVRE

Ces dessins ont été pris au pays de J.-F. Millet, — qui est aussi un peu le mien — pour « illustrer » une étude que j'ai écrite et publiée sur le grand peintre normand. Leur seul intérêt est qu'ils représentent quelques-uns des sites peu connus où la jeunesse de Millet s'est passée, la maison où il est né et celle où il est mort.

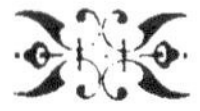

LOUIS GAILLARD

Maîtres idéals : *Villon, Ronsard et Lantara.*

Esthétique : *Rédacteur en chef de « Tabarin. »*

Prix rêvé : *? ? ?...*

Devise artistique : *Peindre la vie et chanter l'irréel.*

Peinture

1º LA RIVIÈRE D'YERRES. — 2º COINS DE PAYS.

Aquarelle

1º LES OGNONS ET LES ROSES. — 2º CHARDONS.

DESCRIPTION DE L'ŒUVRE

POIL ET PLUME

Si le soleil a des rayons
Dont toutes nos toiles sont pleines,
La Nature a des cantilènes
Qu'à traduire nous essayons.

Creusant de multiples sillons
Nous labourons toutes les plaines.
Lyre, palette, ô marjolaines,
L'artiste est roi des papillons !

Et celui-là seul est complet
Qui sait tout dire et se complaît
Dans les couleurs et dans les rimes,

Et peut, en restant simple et naturel,
Au mépris des lois et des frimes,
Peindre la vie et chanter l'irréel.

GALLET

Prénoms, surnom :   *Louis (Loys le coq).*

Maître idéal :   *Maître Jacques.*

Esthétique : .   *Le violon d'Ingres.*

Prix rêvé :   *Ne vend pas.*

Devise artistique :   *I—!*

*La lettre est un mot, le mot est latin,
Avis au passant peut-être incertain.*

DESCRIPTION DE L'ŒUVRE

Zut aux professeurs de peinture !
Le génie est inné ; j'irai
Tutoyer la mère nature
Et la chiffonner à mon gré !

Tandis que chante la friture,
Où blondit le frétin nacré,
Pour brosser ciel, mer et pâture
Devant l'ost je me camperai.

Et si je permets que l'on ose
Se faire un torchon de ma prose
Ou jeter mes vers au ruisseau.

Je défendrai, père farouche,
Que la moindre critique touche
Au moindre poil de mon pinceau !

GASTINE

Prénoms, surnom : *Louis-Jules. — Loulou.*

Maître idéal : *Liberté jusqu'à licence inclus.*

Esthétique : *Lumière, chaleur, couleur.*

Prix rêvé : *Saint-Louis ! cinq louis (saints louis).*

Devise artistique : *Tendre à mieux.*

DESCRIPTION DE L'ŒUVRE

1º Petite vue, mais grand panorama — d'un morceau des Remparts de Mansourah, près Tlemcen (Algérie).

Sous un ciel chaud, quoique d'hiver, s'étendent au loin, barrant l'horizon, de hauts sommets bleuis par les vapeurs ou rosés par le soleil. Un bois d'oliviers cache les pieds de ces monts et fait ressortir, plus en avant, les tons chauds des ruines.

On remarquera que les premiers plans occupés par de vagues cultures, légumifères ou autres, sont traités avec un « j'men foutisme » plein de maîtrise et que l'artiste-auteur a jeté dans le ciel quelques nuages qui sont nés sous sa brosse avec autant de facilité que naissent « lays amoureux » sous le pouce de Jean Moréas.

Corot, dans sa première manière, — la meilleure, — n'a jamais fait mieux !

2º Un Coin des dunes d'Ambleteuse (Pas-de-Calais, ni d'éloges assez grands à faire à l'artiste-auteur pour ce second envoi).

Sous un ciel froid, quoique d'été, des dunes de sable éclatantes de blancheur au soleil. Mais, las ! en partie recouvertes par des plantes sauvages entretenues à grands frais par le service administratif spécial qui a pris à tâche de fixer les mouvants atomes de ces sables avec l'aide du carex desdits (le carex des sables).

Au premier plan (que le service administratif précité n'a pas touché) on voit des terrains parfaitement fixés où de chaudes oppositions de tons dans la végétation, — mousses pourpres ou vertes, herbes, genêts, chênes nains, etc., etc., — rappellent les plus beaux morceaux de Théodore Rousseau !!

5

GILLE

Prénoms, surnom : *Philippe-Émile-François (Arlequin-Pierrot).*

Maître idéal : *L'émotion.*

Esthétique : *Greco-moderne, de Phidias à Rodin.*

Prix rêvé : *Moins que l'Angélus.*

Devise artistique : *Voir et rêver.*

INVISIBLE (cire diaphane).

DESCRIPTION DE L'ŒUVRE

J'ai désiré que ma plastique
Pût plaire à chaque visiteur,
Et se tînt juste à la hauteur
Où n'atteint jamais la critique.

Voyez, amoureux de l'antique
Naître sous mon doigt de sculpteur
Avec l'oser du novateur
Toutes les grâces de l'Attique !

J'ai voulu, sans rien préciser,
En mon œuvre réaliser
Les beautés que tout homme rêve.

Amants de la chair, savourez !
Amants de l'esprit, accourez !
C'est une ébauche... qu'on l'achève !

DE GONCOURT

(Edmond)

DESCRIPTION DE L'ŒUVRE

———

JULES DE GONCOURT DANS LE SALON DE LA RUE SAINT-GEORGES (29 avril 1857). Aquarelle.

GONZAGUE-PRIVAT

❦ ❦ ❦ ❦

1º La liseuse.
2º Portrait.
3º Portrait de M. Georges Lefèvre.
4º Les hauteurs de Mousoult.

DESCRIPTION DE L'ŒUVRE

LA LISEUSE

Elle sourit au livre cher,
Vieux compagnon de sa jeune âme.
Le grand jour rose d'une flamme
La transparence de sa chair.

Et, sous ses paupières baissées
Que voile la longeur des cils,
On devine de quels exils
Elle a rappelé ses pensées.

Car, comme un rayon de printemps,
L'appel du doux livre fidèle
Fait accourir à tire d'aile
Un vol de souvenirs chantants.

Aussi, la Liseuse ravie,
Sous l'écharpe couleur d'azur,
Laisse briller à son front pur
La sérénité de sa vie.

HARAUCOURT

Prénoms, surnom :   *Edmond.*

Maitre idéal :   *Puvis de Chavannes.*

Esthétique :   *Tout.*

Prix rêvé :   *Ce qu'on voudra.*

Devise artistique :   *Ars, Arx.*

DESCRIPTION DE L'ŒUVRE

LA LUNE

Pleine et ronde, du bord de l'horizon dormant,
La lune, avec lenteur, s'enlève, solitaire,
Et son disque éclatant monte dans le mystère
Du grand ciel nu, qui dort silencieusement.

Sa clarté qui rayonne emplit le firmament :
Or, c'est un globe éteint, un astre involontaire,
Un miroir sans chaleur, esclave de la terre,
Et sa calme splendeur n'est qu'un reflet qui ment.

— Tel est mon cœur, hélas ! inerte, froid et vide,
N'ayant pour s'éclairer que le reflet livide
D'une vie et d'un monde où tout est mort pour lui.

Mon cœur, qui, seul, pardu dans l'immensité noire,
Puis l'orbe irrésistible ou m'entraîne l'ennui.
Et roule en plein néant, sans force et sans mémoire.

HOUSSAYE

Prénoms, surnom :   *Arsène (Parisis).*

Maîtres idéals :   *Léonard de Vinci, Cor-*
Delacroix, Diaz.

Esthétique :   *Il n'y en a point.*

Prix rêvé :   *Les beaux yeux d'une*
femme sur ma palette.

Devise artistique :   *L'école n'est rien, l'origi-*
nalité est tout.

1º BLEUETS ET COQUELICOTS.
2º ÉTUDE DE FEMME.
3º SOUS LES POMMIERS.
4º LES SAULES.
5º SOUVENIR.

DESCRIPTION DE L'ŒUVRE

—————

SONNET

Amis adressez-vous ailleurs,
Si vous aimez bien la peinture
Car si je peins d'après nature
Je suis parmi les barbouilleurs.

Il est tant de peintres meilleurs!
Vous rirez de la créature
Que je peins dans l'architecture
Des forêts aux merles railleurs.

C'est ma bêtise que j'expose
Mais ne croyez pas que je pose
Pour vous faire voir des couleurs.

Car mon vrai pinceau c'est ma plume.
Si ça et là mon front s'allume
C'est pour Eros : des fleurs, des pleurs!

JAVEL

Prénoms, surnom : *Firmin (pas de surnom
encore, mais ça viendra)*

Maître idéal : *Si vous croyez que je vais
dire qui j'ose aimer.*

Esthétique : *Je ne saurais pour un em-
pire vous la nommer.*

Prix rêvé : *Une bourse de voyage. .
à Cythère.*

Devise artistique : *Glissez, pastels, n'appuyez
pas !*

DESCRIPTION DE L'ŒUVRE

Décrivons donc nos aquarelles :
C'est d'abord un ciel gris perlé
Où pointent des meules de blé,
*   Les sommets en tourelles.*

Puis ce sont des herbes sans nom
Ignorantes des arts, des styles,
Et que j'aime pour la raison
*   Qu'elles sont inutiles.*

C'est, ensuite, un riant vallon ;
Riant? Du moins je le suppose,
Puisque, vert, il s'étend le long
*   D'une colline rose.*

Enfin ma voisine lisant.
Un crayon : ma chatte endormie.
Un fusain : la mer ; accalmie ;
*   Sur la gauche, un brisant.*

Tels sont, avec trois paysages,
Pastels, œuvres pleines d'émoi.
Mes crimes... A présent, ô sages
*   Peintres, méprisez-moi !*

LAFORET

Prénoms, surnom :   *Léon.*

Maître idéal :   *La nature.*

Esthétique :   *Ligne et couleur.*

Prix rêvé :   *Celui de la reproduction chez Goupil.*

Devise artistique :   *Le vrai — pas le réel — est seul aimable et bon.*

Une place de Tarbes (Hautes-Pyrénées).

DESCRIPTION DE L'ŒUVRE

Unique poil follet du tendre âge d'un homme de plume, issu — le poil — d'un temps de vacances aux Pyrénées. Et alors si naïf et si présomptueux qu'il ne soupçonnait mie combien difficile la peinture à l'huile avant même que le docteur ès palette Vibert l'eut alambiquée, inextriquée et compliquée d'un laboratoire ultra-philosophal devant être annexé, très obligatoirement de par lui, à tout atelier présent et à venir, pour l'immuable éclat et ascendante valeur monnoyée des produits de l'art oléagineux, — cela écrit, édictée, édité en forme de vrai livre imprimé, voire orthographié, comme serait bouquin de plumitif de profession au lieu d'alchimiste révélateur de picturale science.

LEMONNIER

Prénoms, surnom :   *Camille.*

Maître idéal :   *Le soleil.*

Esthétique :   *L'alliance des arts.*

Prix rêvé :   *Un déjeuner.*

Devise artistique :   *In naturalibus veritas.*

DESCRIPTION DE L'ŒUVRE

C'est très amusant. On s'en va matin, on emporte sa
boîte, son pliant, son tabac. On s'installe dans la rosée, on voit débusquer les lapins, les bœufs fument
dans le brouillard. A la première pipe, ça paraît difficile ; à la seconde, on le hume, on sue d'aise ; à la troisième, on a fini. La quatrième, c'est pour le retour,
devant la machine en bonne lumière, sur un fauteuil,
chez soi. Hein ! l'odeur des sèves, le sein de la terre,
l'air de bon Dieu qu'il y a là-dedans ! Et l'on a le petit
frisson du chef-d'œuvre dans un milieu qu'on ne sait
pas, tandis que dans celui qu'on croit savoir, plus ça
vient, moins ça y est.

Camille Lemonnier.

LIVET

Prénoms, surnom :   *Guillaume (Mirliton).*

Maître idéal :   *Démade, de Mégare, sculpteur, parce que je n'ai
jamais rien vu de lui !*

Esthétique :   *Eh! Eh?*

Prix rêvé :   *Mais je crois que... la
médaille d'honneur...
simplement?...*

Devise artistique :   *Ne forçons point notre talent... etc.*

DESCRIPTION DE L'ŒUVRE

CARMEN

Sur le front se colle la mèche
Teinte d'un invincible Rohl ;
Un collier d'or brille à son col ;
Son œil luit comme une flammèche.

Le teint au soleil s'est hâlé ;
Le sein haletant se redresse
Sous la chatouillante caresse,
Du fin lin au bord emperlé.

Qui donc t'enseigna l'art de plaire,
Carmen aux lèvres de carmin ?
Et moi, qui conduisit ma main ?
Ce portrait qui me le fit faire ?

Pour conserver tout un long jour,
Sans bouger, la pose chérie
Tu suivis ta coquetterie :
— Je n'eus de maitre que l'amour.

MASSON

Prénoms, surnoms : *Paul (Soif-de-réclame, Un Yoghi, Trissotin, etc.)*

Maître idéal : *Hokusaï.*

Esthétique : *Éclectico-subversive.*

Prix rêvé : *Un sourire de Louise-Michel.*

Devise artistique : *Scherzando.*

MON IDÉÏAL (Pastel).

DESCRIPTION DE L'ŒUVRE

Condenser en une puissante formule les mille et une prosopographies des gynoscopes de tous les temps, lier tous ces rameaux épars en un unique et indissoluble faisceau ; faire converger autour d'une seule tête les irradiations projetées par les poètes, prosateurs, aèdes, académiciens, bardes, rapsodes, scaldes, troubadours et diascévastes de tous les pays et les polariser en un éblouissant et définitif halo ; arracher à la Joconde son inquiétant sourire, aux anges de Botticelli leur rictus séraphique et à Mlle X. l'aristocratie de sa moue hautaine ; bref, créer un type qui participe tout ensemble de Frédégonde, d'Ève pendant la pomme, de Mme Adam, de Messaline, de Jeanne d'Arc, de Marie Alacoque, de Charlotte Corday et d'Yvette Guilbert.

Tel est le plan peu ambitieux que je me suis proposé et que mon crayon prométhéen a tenté d'accomplir, Émile, ô toi que jamais trop haut l'opinion ne *péchera*.

MEILHAC

Prénoms, surnom :   *Henri.*

Maître idéal :   *Gavarni.*

Esthétique :   *La Parisienne... de Paris !*

Prix rêvé :   *Une recette de « Ma cou-
sine ».*

Devise artistique :   *Vitam impendere Vero...
Dodat.*

DESCRIPTION DE L'ŒUVRE

MARIGNAN

... Tu es, toi, la preuve vivante de notre supériorité, à nous autres intentionnistes, tu démontres que la nature est de notre École.

MICHU

Comment ça ?

MARIGNAN

Va trouver n'importe quel membre de l'Institut, et dis-lui de faire le portrait d'un homme aimé des femmes... le membre de l'Institut n'hésitera pas... il fera un joli garçon, il le fera blond, il le fera brun, mais enfin, il essaiera de faire un joli garçon... Tandis que la nature... ah! la nature!...

MICHU

Vous lui dites : Faites-moi le portrait d'un homme aimé des femmes, à la nature (montrant Michu). Et v'la ce qu'elle fait!!

MICHU

Oh!

MEILHAC et HALÉVY.
La Cigale, acte III, scène X.

MÉLANDRI

Prénoms, surnom :   *Achille.*

Maître idéal :   *En peinture, Sarah Bern-*
hart !

Esthétique :   *Verum lumine !*

Prix rêvé :   *Le mérite agricole.*

Devise artistique :   *Faire « mouche », et lais-*
ser dire.

DESCRIPTION DES ŒUVRES

SOUVENIR D'UNE HALTE EN NORMANDIE

Fructidor menait la fête
Vêtu d'un rouge pourpoint.
Les gros bourdons, à tue-tête
Fanfaraient parmi le foin.

On voyait des fleurs folâtres
Se baiser sous les rameaux...
O doux chalumeau des pâtres,
Sujet chéri des trumeaux

Vergers, où le chrysanthème
Se pâme au cou du glaïeul,
Que de pommes !... Moi, je n'aime
Pas à les croquer tout seul.

Et, dans ce jardin du rêve,
La nature en falbalas
N'attendait que madame Ève,
Mais Ève n'était pas là.

MERSON

(Père)

Prénoms, surnom :   *Olivier.*

Maître idéal :   *Dans le mille.*

Esthétique :   *Flottante.*

Prix rêvé :   *Montyon.*

Devise artistique :   *Fiat Luc!*

DESCRIPTION DE L'ŒUVRE

1º PORTRAIT DE MON FILS LUC-OLIVIER, *ætatis suæ,* une nuit.

2º BAIGNEUSES, ma dernière peinture, 1851.

3º VEDETTE GAULOISE, mon dernier dessin, 1849.

4º CRISPIN, mon unique lithographie, 1845.

MIRBEAU

Prénoms, surnom :   *Octave-Henri.*

Maître idéal :   *Le violon d'Ingres.*

Esthétique :   *Toutes.*

Prix rêvé :   *Celui de Chauchard.*

Devise artistique :   *Mire bleu.*

☿ ☿ ☿ ☿

DESCRIPTION DE L'ŒUVRE

1º LE PIN. — Un pin, naturellement. Puis, le ciel et la mer. A l'horizon, là-bas, dans le soleil, Bordighera.

2º LA FRONTIÈRE ITALIENNE, vue prise de Menton. Ce qui est rouge, ce sont des rochers ; ce qui est rose veiné de bleu, c'est la mer. Et le ciel est au-dessus. Et ce rouge, ce bleu, ce rose, ce vert, c'est ce que nous appelons, nous autres peintres, un effet de gris.

3º HORTENSIAS.

Le paradoxe bleu du fol Hortensia.

Des hortensias gardent l'entrée d'une cave. Au-dessus de la cave un perron ; et contre le perron, une porte dans un mur. C'est en Bretagne que le drame se passe. Est-ce que ça se voit ?

4º LA VALLÉE D'ALÉZIAS. — Impression de cinq minutes, montre en main.

MONTÉGUT

Prénoms, surnom :   *Maurice, et c'est tout.*

Maître idéal :   *Cabrion.*

Esthétique :   *La cimaise.*

Prix réservé :   *Un sou percé.*

Devise artistique :   *J'empâte et des meilleures.*

1º La grève.
2º La plaine.
3º L'étang.
4º La falaise.

DESCRIPTION DE L'ŒUVRE

SONNET

J'expose
En bon
Garçon
Sans pose,

Sans cause.
Leçon,
Façon?
Rien. J'ose.

MON CHAMP
Méchant.
Un rêve

Amer
De mer
MA GRÈVE!

MOREAU-VAUTHIER
(Fils)

Prénoms, surnom : *Charles.*

Maitre idéal : *Apelle dont la peinture a cessé de jaunir.*

Esthétique : *Respecter l'Embu. Feuille de vigne des peintres, il voile leurs faiblesses.*

Prix rêvé : *Un prix Chauchard.*

Devise artistique : *Bien vendre et laisser dire.*

DESCRIPTION DE L'ŒUVRE

Le Revers d'une Médaille... aux Champs-
Élysées ; œuvre philosophique qui, représentant le
verso d'un tableau, tend à montrer que les toiles
comme les hommes, se ressemblent dans l'intimité.

MOREL

Prénoms, surnom :   *Henry (Sampierre).*

Maître idéal :   *Dieu.*

Esthétique :   *Zéro.*

Prix rêvé :   *Celui de Rome.*

DESCRIPTION DE L'ŒUVRE

LE PORT D'ANVERS
(Appartient à Mme Marie Abary)

Cette toile à l'aspect sévère
Représente le port d'Anvers.
Elle vaut qu'on la chante en vers,
Cette toile à l'aspect sévère.
— Des artiss! ?... serez les converts! —
Nous la plaçâmes sous un verre...
Cette toile à l'aspect sévère
Représente le port d'Anvers.

LA FERME FONTAINE

Cette ferme, — quelle lumière!
Est située à Samoreau
Certes, Hégésippe Moreau
Aurait logé là sa fermière.

LA PLAINE DE VÉLIZY. — Esquisse inachevée par suite d'une averse imprévue.

LA SEINE À THOMERY. — Nous nous promenions un jour avec le poète Dhiery, entre Samois et Moret, sur les bords de la Seine et nous avions tous deux le bagage du peintre.

— Si on s'arrêtait? me dit Dhiery.

Nous nous arrêtâmes, et de cet arrêt j'ai rapporté le tableau qui figure aujourd'hui à notre exposition glorieuse.

MOUTON

Prénoms, surnom :	*Pierre-Martin-Désiré (Mérinos).*
Maitre idéal :	*Salvator Rosa.*
Esthétique :	*Le beau est l'accord des parties. Un objet est d'autant plus beau qu'il se montre plus évidemment tel qu'il est tel qu'il doit être.*
Prix rêvé :	*La Gloire.*
Devise artistique :	*Suis ton cœur, suis ton étoile.*

Peinture

1º PORTRAIT VÉRITABLE DE L'INVALIDE À LA TÊTE DE BOIS (aquarelle) ;
2º BRETONS À LA MESSE (aquarelle).

Dessins

1º TITRE FRONTISPICE POUR UN LIVRE DE L'AUTEUR (plume) ;

2⁰ LA LUTTE D'UN HOMME DE CŒUR CONTRE LA FORTUNE (plume et mine de plomb) ;

3⁰ LE VŒU DU GORILLE (crayon noir) ;

4⁰ UN TÊTE À TÊTE DE CONGOURDAN AVEC LE GORILLE (crayon noir).

Eau-forte

LE CANOT DE L'AMIRAL.

Sculpture

PALLAS MACAQUE (bronze).

DESCRIPTION DE L'ŒUVRE

POURQUOI UN ÉCRIVAIN DOIT SAVOIR DESSINER

Sonnet à deux rimes

La plume ne peut pas tout dire :
La nature a parfois des airs
Si formidables, que la lyre
Elle-même est prise sans vers.

Sans doute « le roseau soupire »
« Les vents forment de doux concerts »,
Avec de l'encre on peut décrire
Tous les objets de l'univers.

Mais pour faire voir... un navire,
Par exemple, lorsqu'il chavire
Avec cent noirs chargés de fers.

Ou pour exprimer le sourire
D'un... chat, le... rictus d'un... vampire
Le crayon seul a des éclairs !

8

OGIER D'IVRY

Le rève de Plewna.

DESCRIPTION DE L'ŒUVRE

Beaucoup d'imagination dans les directives du dessin... une somme de vérités pourtant en chaque lumières ; elles doivent rester associables et ménagées à leurs plans... puis alors — et que ce soient natures mortes ou choses vivantes — brosser dans les tons, rutilants ou lugubres, mièvres ou sauvages, vrais, faux, — francs toujours — que le rêve attisé du poète allume, calme, ou rompt, suivant son Divin.

Nous sommes inconsciemment imprégnés de la nature — autant par atavisme que par gymnastique du vivre. — La polychromie prodigieuse d'une optique s'est fixée en notre cerveau de façon telle que nous restons incapables de faire « de chic. » L'œil d'un tanneur, qui depuis quarante ans regarde sans voir, est un négatif admirable ! — Ne sommes-nous pas tanneurs, nous autres poètes... sinon orfèvres, comme Caliban ?... Allons donc, osons nos épreuves !...

Boucher, tournant le dos aux soleils du Lorrain, avait souverainement raison de dire : « La nature n'existe plus depuis que ma rage d'esclave en a fait ma maîtresse. »

OUDINOT

Prénoms, surnom :   *Camille.*

Maître idéal :   *Caliban.*

Esthétique :   *Ondoyante et diverse.*

Prix rêvé :   *Celui du cadre.*

Devise artistique :   *Invita Minerva.*

DESCRIPTION DE L'ŒUVRE

1º Tentative de portrait de fillette. — (Peut-être petite secousse).

2º Cire... perdue.

PONCHON

(Raoul)

ÉLÈVE DE GOUNOD

❦ ❦ ❦ ❦

1º L'ILE DE CÉZEMBRE (Manche). — Vue de la côte, vers une heure un quart de l'après-midi, en juillet. Effet de soleil brumeux ou de brume ensoleillée, au choix.

2º LA MER. — Au loin une terre quelconque ; au premier plan, roches couvertes de goémons. Effet de soleil couché. Que les peintres se le disent.

DESCRIPTION DE L'ŒUVRE

Le Génie vient de Dieu!
GOUNOD.

Si tu te piques de peinture,
Fais un chef-d'œuvre, tout est là,
La-i-tou, la-i-tou, la, la ;
Épargne-moi toute autre ordure.

Mais garde-toi de la nature,
Surtout ! Vois-tu, c'est bon cela
Pour les disciples de Zola
Et leur sombre littérature.

Je crois démontrer, dieu merci !
Dans les deux panneaux que voici
Combien j'ai raison mille et une...

Mon génie y trône au milieu,
Sans pourtant que j'en tire aucune
Vanité, le tenant de Dieu !

✼✼✼

RACOT

Prénoms, surnom :   *René.*

Maitre idéal :   *Bouguereau.*

Esthétique :   *L'ombre d'un talent.*

Prix rêvé :   *Une grosse femme.*

Devise artistique :   *Rien sans peine.*

DESCRIPTION DE L'ŒUVRE

MÉDAILLON DE MON PÈRE ADOLPHE RACOT, fait de mémoire trois ans après sa mort.

RAMEAU

Prénoms, surnom :   *Jean.*

Maître idéal :   *Pas de maître ! Y n'en faut plus !*

Esthétique :   *L'influence du bleu dans les arts.*

Prix rêvé :   *Celui d'une paire de veaux.*

Devise artistique :   *L'assiette au beurre !*

⁂

1º COIN DE FORÊT *(pastel).*

2º MATIN D'ÉTÉ *(pastel).*

3º LES CHAMPS *(sans commentaires).*

DESCRIPTION DE L'ŒUVRE

COIN DE FORÊT *(pastel)*

. . . .
Je lâche le pinceau
Et je frotte la lyre
Pour chanter Jean Rameau,
Jean Rameau que j'admire.

G. CLAIRIN.

MATIN D'ÉTÉ *(pastel)*

Les blés, frissonnent sous le ciel,
Un arbre en l'air chaud s'extasie...
Si Jean Rameau fait du pastel,
Moi je fais de la poésie!

H. GERVEX.

RIVET

Prénoms, surnom :   *Gustave (Représentant du peuple).*

Maitre idéal :   *Je voudrais pouvoir dire : Élève... des lapins et s'en fait des millions de livres de rente.*

Esthétique :   *J'en ai bien une, mais elle est sous la toile.*

Prix rêvé :   *...? ma peinture est impayable.*

Devise artistique :   *Les bluets sont bleus, les roses sont roses.*

DESCRIPTION DE L'ŒUVRE

1º LE CHÂTEAU DE CHILLON

(Symphonie en bleu majeur. Peinture primitive et symbolique)

En ce hautain et froid manoir
Par sa rancœur mordu sans trêve
Au fond du cachot triste et noir
Le prisonnier poursuit son rêve :

S'évader ! loin du sombre mur,
Dans l'air pur dont il est avide ;
Ou sur le lac calme et limpide
Qui du ciel réfléchit l'azur !...

— Ainsi, dans sa cage cruelle
Qui meurtrit et brise son aile,
Le Poète à l'âme de fer.

Brûle d'une sublime envie,
Bien loin des noirceurs de la vie
Aller chercher le Bleu, le Bleu !..

G. R.

2º DANSEUSE

(D'après un dessin de Gorguet)

Mesdames et messieurs,

La peinture que nous avons l'honneur de présenter à votre admiration est le premier essai de figure de votre serviteur.

Ne l'encouragez pas, — il continuerait !

G. R.

9

SARDOU

Prénoms, surnom : *Victorien.*

Maître idéal : *Les coloristes. Ingres est à Delacroix ce que Robespierre est à Danton.*

Esthétique : *La couleur, la couleur et toujours la couleur.*

Prix rêvé : *Vous pouvez tenir pour un joli poseur celui qui n'écrit pas : « le plus cher possible ! »*

Devise artistique : *Pas d'un bloc.*

DESCRIPTION DE L'ŒUVRE

C'est d'un dessin pauvre et grotesque
Trop dur, trop sec, trop froid, trop fin !
Ni vérité, ni pittoresque !
Ni perspective ! — Rien enfin !

Le Peintre emporte ma débauche
De traits de plume, et, transformant
Avec art cette maigre ébauche,
Il en fait un décor charmant.

Et l'on peut discerner bien vite
Ma part à ce décor exquis.
C'est que plus il a de mérite,
Moins il ressemble à mon croquis.

STAPLEAUX

Prénoms, surnom :   *Léopold-Guillaume.*

Maitre idéal :   *Rembrandt.*

Esthétique :   *Le ciel, la mer, la femme.*

Prix rêvé :   *Celui des Millet.*

Devise artistique :   *Nulla dies sine linea.*

DESCRIPTION DE L'ŒUVRE

Une plaine, à peine foulée
Par le lourd sabot du passant,
Et dominant une vallée
D'un calme complet ravissant.

Dans une nuit, non étoilée
Encor, qui lentement descend,
Se dressant, comme un mausolée
Qu'éclaire un soleil pâlissant :

Une paroisse de village,
De quelques maisons l'assemblage
Pris sur nature gauchement.

Voilà bien, la chose est certaine,
Le tableau nommé hardiment :
L'église de Mortefontaine.

TOUDOUZE

Prénoms, surnom : *Gustave (l'homme qui rit).*

Maître idéal : *Pinxit lui-même.*

Esthétique : *Le rêve dans la réalité.*

Prix rêvé : *Le denier de Saint-Pierre.*

Devise artistique : *La plume dans l'œil.*

Aquarelles prises a Carmaret-sur-Mer (Finistère).

DESCRIPTION DE L'ŒUVRE

C'est tout là-bas, aux confins les plus lointains, les plus perdus de la Terre de France, à l'une des pointes les plus extrêmes de l'Armorique, dans cette presqu'île ignorée que dominent Crozon, son église et son fort, entre la rade de Brest et la baie de Douarnenez, entre le bec du Raz et la pointe de Saint-Mathieu-fin-de-Terre, en sombre et mélancolique Cornouailles, aux limites mêmes du vieux Monde que baigne de sa lame violente l'immense Atlantique. Après, plus rien, rien que le gouffre éternellement mouvant, rien que l'Océan jusqu'à l'horizon, un horizon qui ne termine pas, car, après cette barre rigide que fait l'eau, au delà des Phares, au delà des derniers écueils noirs crêtés d'écume, il y a d'autres lignes rigides, d'autres horizons d'eau toujours semblables, d'autres, d'autres encore, donnant la troublante sensation d'Infini !...

(Pour l'illustration de mon roman *Ma Douce*)

✠✠✠

VALÉRIE FOULD

Prénoms, surnom :   *Gustave Haller.*

Maître idéal :   *Pour tout Molière.*

Esthétique :   *En haut dans l'éther.*

Prix rêvé :   *Bravos du parterre.*

Devise artistique :   *Le bien !*

Un rien.

DESCRIPTION DE L'ŒUVRE

Messieurs de la littérature
Prenez bien garde à la peinture.
Transformer en peintre un auteur.
Faire d'un poëte un sculpteur.
L'entreprise est par trop hardie!...
Bah !... Je risque ma comédie.

VERLAINE

Prénoms, surnom : *Paul-Marie.*

Maître idéal : *Puvis de Chavannes.*

Esthétique : *« Je suis mystique à tra-vers un corps. »*

Prix rêvé : *L'estime.*

Devise artistique : *Consciencieux dans l'exal-tation.*

QUATRAIN D'AMIS (croquis à la plume).

DESCRIPTION DE L'ŒUVRE

ASSONANCES

Ces portraits que ma plume fit
Sont donc les ceux de mes amis.
Et je leur demande pardon
De ne leur donner que ce don.

TABLE ALPHABÉTIQUE

TABLE ALPHABÉTIQUE

LOUVRE

	Pages.
Victor Hugo	4
Théophile Gautier	6
Alfred de Musset	8
Prosper Mérimée	10
Charles Beaudelaire	12
Gérard de Nerval	14
Schanne	16
Auguste de Chatillon	18
Jules de Goncourt	20

LUXEMBOURG

Bergerat (Émile-Auguste)	24
Bourdelle (Émile)	26
Calmettes (Fernand)	28
Clovis Hugues (Hubert-Clovis)	30

	Pages.
Cousot (Frédéric)	32
D'Esparbès (Georges)	34
D'Herville (Ernest)	36
Duval (Georges)	38
Foucher (Paul)	40
Frémine (Charles);	42
Gaillard (Louis)	44
Gallet (Louis)	46
Gastine (Louis-Jules)	48
Gille (Philippe-Émile-François)	50
Goncourt (Edmond)	52
Gonzave-Privat	54
Haraucourt (Edmond)	56
Houssaye (Arsène)	58
Javel (Firmin)	60
Laforet (Léon)	62
Lemonnier (Camille)	64
Livet (Guillaume)	66
Masson (Paul)	68
Meilhac (Henri)	70
Mélandri (Achille)	72
Merson (Olivier)	74
Mirbeau (Octave-Henri)	76
Montégut (Maurice)	78
Moreau-Vauthier (Charles)	80
Morel (Henri)	82
Mouton (Pierre-Martin-Désiré)	84
Ogier d'Ivry	86
Oudinot (Camille)	88

	Pages.
PONCHON (Roul)	90
RACOT (René)	92
RAMEAU (Jean)	94
RIVET (Gustave)	96
SARDOU (Victorien)	98
STAPLEAUX (Léopold-Guillaume)	100
TOUDOUZE (Gustave)	102
VALÉRIE-FOULD (Gustave-Haller)	104
VERLAINE (Paul-Marie)	106

Achevé d'imprimer

le dix avril mil huit cent quatre-vingt-onze

PAR CH. UNSINGER

POUR

E. DENTU, LIBRAIRE-ÉDITEUR

A PARIS